檀一雄の俳句の世界

二ノ宮一雄

東京四季出版

目次

俳句に見る檀一雄の原点　3
母　11
俳句の家系　19
俳句観　27
句集『モガリ笛』　37
文学の師友への追悼句・挨拶句　43
身内（子・孫・妻）　61
句集『モガリ笛』より秀句選　67
「檀一雄百句と二ノ宮一雄解説」（久保輝巳）に触れて　77
絵画性　93
余滴　105
檀一雄先生の余徳　117
あとがき　123
参考文献　130

俳句に見る檀一雄の原点

子を捨てんと思へど海の青さかな

かつてこのような内容を詠んだ俳人がいたであろうか。〈子を捨てんと〉と世間の道徳に反することを真正面からである。

この句の眼目は〈思へど〉である。仮に〈思へば〉であれば、〈子を捨てんと〉思ったが美しい〈海の青さ〉に自分の邪な心が咎められて、やめた、という意になる。

だが、掲句の〈思へど〉にはそのような俗な道徳観はうかがえない。〈子を捨て〉ることが〈海の青さ〉に象徴される大自然の中においては自然なことなのだという意になる。

ここに檀一雄の真骨頂がある。

どうしてそのような生命感が生まれたのであろうか。

そこで取り上げざるを得ないのは、九歳のときの母親の出奔である。

栃木県足利市の山奥の長林寺の一隅に住んでいたとき、若い医科大生のことで病弱な父親と幼い妹たちを残し二十八歳の母親が家を出たのである。そのとき、母親は一雄に宛ててノートに「艱難汝を玉にす」また「獅子は子を生んで三日を経るとき、数千丈の石壁より是を投ぐ」と書き与えた。

しかし、小学校低学年の少年に残されたのは病弱な父親といたいけない妹たちである。すぐに迫ってくるのは食べることだ。だが、九歳の少年に何が出来たであろうか。妹たちはまもなく九州の祖父母の許に送られて、買いものも炊事も一人でやらざるをえなかった。

私は長林寺に八十年後の平成十三年に訪れたが、そのときでさえ実に寂れた山寺であった。私は一家が住んでいたという離れを覗いたが、荒れていて人の気配はなかった。九歳の少年の煮炊きの姿は哀れで寺の人の涙を誘った。もちろん料理などという気の利いた仕度が出来るはずがなく、空腹を充たすことでしかなかったであろう。後年、檀流クッキングなどとマスコミにもてはやされた料理の根本は、この少年時代の体験にあるので決して趣味的なものなどではないのである。

食事を含めて庇護してくれる母親を失くし自分自身を恃むしかなくなるのであるが、そうは言ってもまだ九歳の少年に過ぎない。胸の底から突き上げてくる寂しさ哀しさを押さえきれずに一人で野山を駆け回った。

その当時のことをエッセイ『母の手』の中で「私は泣く代りに己の細い膚に鞭打ち、悠久の天地のふところに帰っていって、ただしく神のみに通ずるような大きな愛慕のこころをつちかった」と述べている。

現実に得られない愛情を神に求めるしかなかったのである。このことは両親から授けられた身体の誕生に続き自らつちかった心の誕生である。すなわち檀一雄のこころの根幹を成すものだ。ただ、一言しておかなければならないのは、神の世界といっても宗教的なそれではなく、言うならば宇宙的な生命観とでも言うべき世界である。

次のような句がある。

麥青み山青み空青みけり

この句がいつどこで詠まれたのか分からないが、冒頭に掲げた海の青さの句と同様につちかってきたこころの透明さが見てとれる。

もちろん、そこまでに至るのは容易なことではなく、前記の引用エッセイのとおりである。多大な精神の自己陶冶があって獲得した確信なのである。

だから、自分が親になったとき、

『やっぱり、子供達は、みんな家出をさせるがよい』

唐突なようだが、私には、私なりの悲願がある。

どんなに、身近い肉親でも、誰が重複して、その子の人生をつくり得るものか。子供は早く旅立つにこしたことはないのである。

悲しいが、家出のすすめは、本気なのである。

（中略）

だから、長男の太郎が南米に行ったきり、五年帰らない、といっても、ああ、そうかと思うだけで、別段呼んでみようとも思わない。

次男の小弥太が、テントを持って小値賀島に行き、もう二カ月帰らないと女房が言っても、これまた、ああ、そうか……と思うだけの話である。

長女のフミが、あるテレビ局から、すすめられるままに、カナダへ行き、一カ月ひとり旅をしているが、心配ではないのか……と言われると、一体どのように心配なのだろう……と不思議なだけだ。

人間、ひとりひとり……実にひとりひとり……どのように悲しくても、おそろしくても、めいめいの人生を貫いてゆくだけのことで、その途上に自分の人生を知る以外に、何の人生があるだろう。

(中略)

めいめいひとりひとり、人生の中に迷い出し、おそれと、悲しみを、さながら、その心と体で、おぼえ知る以外に道はないであろう」

と、エッセイ『家出のすすめ』の中で述べているが、自分の子どもたちの家出が悲願であるとまで言う親を私は寡聞にして檀一雄以外に知らない。

このような人間および人生に対する確信は言うまでもなく少年時代からの厳しい孤独な環境の中でつちかわれたものであり、すなわち、

子を捨てんと思へど海の青さかな

なのである。

母

母と會うてうれしや窓に梨の花

母と会ってうれしいと言っていながら全体的に淋しさに覆われているのは、「梨の花」のせいであろう。梨の花は淋しい花である。

母と再会したのは、二十一歳のときである。昭和八年、東京帝国大学（現在の東京大学）経済学部経済学科の学生のときだった。当時、ほとんど出席せず旧制福岡高等学校以来の友人たちと落合の借家でボヘミアン的共同生活を送っていた。母との再会は友人の取り持ちによるものだった。

九歳のとき一雄と妹たちと父を残して家を出て行って以来の十二年ぶりの母子の再会なのである。単純な「うれしや」のはずがない。

母が出奔した頃のことをエッセイ『海の泡』で書いている。大切なことなので少々長くなるが、若干のコメントを付しながら引用する。

「私の母は、この寺（筆者注・栃木県足利市の曹洞宗長林寺）に転居して間もなく子供四人を置いて出奔し、そのまま永久に帰って来なかったから、私のその後の大半の生活をここで自炊して暮らしている。殊に妹達が九州に預けられてからは、一人、昼夜の区別もなく両崖山の尾根を走り歩いたものだ」

これだけの引用だけでもどんなに激しいものであったか分かろうというものである。が、足利市にたどり着くまでも実に落ち着きのない生活であった。

檀一雄の故郷は九州の柳川市と思われがちであるが、それは事実に反する。明治四十五年（大正元年）二月三日、山梨県南都留郡谷村町の生まれなのである。父参郎三十一歳、母トミ十九歳の第一子長男である。父は技師として谷村町にあった山梨県立工業試験場に勤めていた。本籍が福岡県山門《やまと》郡沖端村（現在の柳川市）なのである。

父は、柳川、久留米、東京、福岡、足利と転任し、一雄が入学した小学校は福岡県三井郡国分村の男子尋常高等小学校である。その年、父が青森県弘前工業学校へ転任したため、母方の実家である福岡県三井郡国分村に預けられ、両親と離れて暮らすようになった。

翌年、父が足利工業学校へ転任したために両親に引きとられ、足利尋常高等小学校の二年生に編入した。

さらに、翌年、母方の祖父が亡くなり、母は一雄と妹たちを連れて国分村へ帰郷したので、一雄は国分高等小学校に戻る。

さらに、さらにである。その翌年、足利高等小学校に戻るのである。

この年、母は医科大学生とのことで、一雄たちを残して出奔したのである。

「午前二時、三時、山の尾根を伝って行って鏡岩あたりから両崖山の間近い辺りまで抜けていく。時期は大てい十一月だ。氷りつくような空っ風に吹きさらされながら、あやうい尾根の吹きとおす馬の背が一番いい。

オトリの鳥籠を松の下枝にかけて、その籠の上に一、二本の黐の枝をさし交しておくのである。夜はまだ明けぬ。足利の町の灯がチカチカと氷りついたように見える。やがて東の空の一角がほの白んで来ると思うまに、周囲の小鳥どもの鳴き声があがる。

ツグミや、イスカや、目白が群をなして山の尾根をかけ渡るのである。

オトリの鳥は声をあげて鳴く。すると、尾根を渡る鳥どもも、それに答えながら、松の枝の鳥と鳴き交わす。

オトリの鳥籠に近づきながら、やがてバタリと私の鳥撲におちて行く。多いときは五、六羽、七、八羽。

一瞬のうちに私の手に捉えられてしまうわけだ。われ等の小鳥どもを、新しい鳥籠の中におさめ、緑色の風呂敷でくらく包んで、尾根伝いに帰って行く時ほど充実した時間は少ないだろう。

見はるかす関東大平野を越えてくっきりと富士の影さえ指呼できる。うねっている渡良瀬川のキラキラと朝日に輝く色。赤城の一角、妙義の連山や浅間迄が右手にはっきりと指さすことさえ出来る。

喉のかわきはきまったように、楓の液汁をすわぶった。どの楓もそうであるかどうか知らないが、丁度帰路の山腹に楓の古木があってその枝をあらかじめ折りとっておくと、甘い液汁がしたたり落ちる。それらが冬分であると忽ち氷って甘いツララに代るのである。

（中略）

夏は渡良瀬川でよく泳いだ。その昔、カリヤドのあたり、おそらく二、三米の水深で、水がぬるく澱んでいたから、一番いい泳ぎ場であった」

一個の神仙であった一雄少年の姿が彷彿と浮かびあがってくる。

このようにおのれの心身を鍛えていた二十一歳の一雄であったから十二年ぶりに再会した母に対して、恨みごとなど言っていないのである。決して手放しの「うれしや」ではないことは確かである。

母との再会に関して次のような一句も詠んでいる。

我ら燃えてかくの如くや花の色

掲句の「花の色」は華やかではなく濃いという感じを受ける。それもどちらかといえば妙な濃さだ。上五中七の措辞のためであろう。母に対して少々肩肘を張っているようである。そんな気持ちがうかがえる。しかし、青年一雄のこのくらいの気負いは自然な心情であろう。

俳句の家系

寿《ことぶき》や亡き妻まつる喜久の主《ぬし》

ホンゲンギョうしろへ廻る寒さかな

掲句は檀一雄の句ではない。父方の柳川の曾祖父と祖父の作である。

これらのことを一雄自身が季刊文芸誌「ポリタイア」20号（昭和四十九年三月十日発行）の谷崎昭男氏との対談「文明の伝承——檀一雄氏に聴く」の中で述べている。

なお、「ポリタイア」は、檀一雄責任編集で昭和四十三年一月十日に創刊され昭和四十九年三月十日に20号で終刊した季刊文芸誌である。（編集室・近畿大学出版部）。発起人は檀一雄、林富士馬、眞鍋呉夫、世耕政隆、芳賀檀《まゆみ》、麻生良方。14号（昭和四十七年六月二十四日発行）から同人制へ移行し、世話人として檀一雄、林富士馬、眞鍋呉夫、世耕政隆、沖山明徳、久保輝巳、古木春哉、後藤明生、森敦が名をつらねた。

また、対談相手の谷崎昭男氏は文芸評論家であるが、父は小説家で早稲田大学文学部教授の谷崎精二氏、伯父は小説家の谷崎潤一郎氏である。

対談から引用する。一句目の句から次のように述べる。

「私のおやじのおやじのおやじです。それはずいぶん俳句がじょうずのようですね。そしてたくさんありましたから。

倉の中で彼の句集をたくさん読みました。倉にとじこもって、夏の暑い日にいろんな本を読んだり、昼寝したり、自分の所在ない時間を過ごしたいときに、たまたまそこに色紙とか、書き散らした俳句の稿とか、昔の倉の中にそういうものがたくさん積み上げてありましたから、あけて読みますと、なかなかいい句がありました。それの中に一つ〈寿や亡き妻まつる喜久の主〉というのがあって……。

あれはいい句だと思いました。私のじいさんも俳句が非常に好きだったし、あとから調べたことですが、鬼貫が柳川に来るんですね。（筆者注・上野鬼貫、江戸中期の俳人）

伊丹の鬼貫が柳川地区で句会をあちこちで催して、そういう俳諧の流派が柳川にかなり広まっている。ですから柳川には俳人たちの末弟がいっぱいいるんです。うちのじいさんとかひいじいさんは、その亜流だと思います。

〈寿や亡き妻まつる喜久の主〉はひいじいさん。〈ホンゲンギョうしろへ廻る寒さかな〉というのは私のじいさんです。

ホンゲンギョというのは正月の十一日ごろですが、竹をいっぱい寄せ集めてきて、藁なんか燃すんです。そして『尻あぶって百まで』って、あったまるんですけれども、それをホンゲンギョの火を焚くって言うんです。で、尻をまくってあったまるのに、ヒューッとうしろから風がくるでしょう。だから、〈ホンゲンギョうしろにまわる寒さかな〉――寒さがうしろからやってくる。わりにいい句だと思いました。

そういう俳諧の風は私の家にありました。俳句の末流の伝統がうちにあったわけです。ですから、庭に涼み台を出して、夏のそばを食ったり、そうめんを食ったりしながら、俳句を一ひねりやってやろうというようなことを私のじいさんがやってたもんだから……」

右のように江戸時代の曾祖父のときから檀家に俳諧の風が根付いていたのである。

そして、昭和の世になり、一雄は自作の小説の中にさえ俳句を採り入れているのである。

『夕張胡亭塾景観』では、主人公の胡亭という人物が俳句の宗匠で、冒頭に、

歯こぼれし口の寂さや三ッ日月

という句を載せている。
また、青年期、太宰治との交友の中では、右の対談の中で

「太宰が俳句をひねったりするのが好きなんです。それは、たいてい古人の俳句をみだりに濫用して語句を変えるだけですから、私もその流儀でね（笑）その場で出まかせの語呂合わせをして、自分のものみたいにしてやるので、そのまま印刷してしまうからひどいものでしょう。（筆者注・本人はそう言っているが口先だけのことで、本格的に作句していたことは、没後、句集が刊行されたことからも分かるのである。その句集『モガリ笛』については後に記す。いずれにしろ文業の中心である小説の中にまで俳句が浸透していたことの一例である）」

そのうえ、長男の太郎氏に対して、

「太郎、俳句をやりなさい。他人に求められたときのために書も勉強しなさい」

と言っているのである。

これは、太郎氏から筆者が直接に聞いたことである。

次の句は、拙誌「架け橋」（5号。平成二十五年一月一日発行）に寄せていただいた太郎氏の『謝肉祭』と題した十句中の三句である。なお、同誌は筆者が平成二十二年八月一日に俳句と随筆のコラボレーションをモットーとして東京都日野市から発刊した結社誌である。

あばずれと識って抱きたる謝肉祭

温突《おんどる》の紅き蒲団に乳房恋ひ

化野に雪降り止まず母恋ふる

母恋の慟哭である。太郎氏は三歳のときに母リツ子と死別している。この間のことは一雄の『リツ子・その愛』『リツ子・その死』に小説化されている。

人の心の原型は三歳までの環境で決まるといわれているときだけに、そのトラウマは父一雄の場合と同様に深いものがあるのは間違いない。

オンドルのある室の紅い蒲団の中であばずれ女を抱いていても、母親のあたたかい乳房を恋うのは人として自然である。

また、〈化野の〉句はまさに母恋ひの絶唱である。〈化野に雪降り止まず〉の措辞は心の奥に潜んでいる深い寂寥の象徴である。

父一雄と長男太郎親子ともども母親との早い離別には運命的なものを感じずにはいられない。いずれにしろ、檀家には連綿と俳句の風が続いているのである。

俳句観

檀一雄は生前折に触れて俳句を詠んでおり死後であるが句集『モガリ笛』が刊行されているのであるが、そのことはほとんど知られていない。

が、境涯を追ってみると実に俳句が常に身近にあったことが分かる。前述したように、曾祖父からの一筋の俳句の血が流れているのである。そして、若い頃は曾祖父の句を読み耽り盟友であった太宰治との疾風怒濤の異様な付き合いの中でさえ互いに真剣に俳句に打ち込んでいた。

壮年期をエッセイ『音問』その他で見ていくと、例えば酒友であった小説家の梅崎春生に先立たれたとき、彼から送られた壺漬が冷蔵庫に入れたままだったことを思い出して取り出し、

壺漬を嚙みしめて喰ふ梅雨明けず

と即吟するのである。

なにしろ十九歳のときから既に次のような句を詠んでおり、後年、前書を付して発表す

るほどに俳句に対する思いは深かった。

小生十九歳ノ折作レルママ今モソノ感傷新シク
禿筆嚙ンデ記ス　昭和二十五年二月十五日

潮騒や磯の小貝の狂ふまで

この昭和二十五年、三十八歳。一月、『リツ子』の連載完成。三月、「新潮」に『佐久の夕映え』、四月、『リツ子・その愛』『リツ子・その死』を作品社より刊行。五月、次男出生。十月、「オール讀物」に『長恨歌』、「新大阪新聞」に直木賞を受賞することになる『真説石川五右衛門』の連載開始。この間東京と大阪を往来。その間に練馬区石神井二丁目に転居というように多忙を極めていた中でのことである。いかに俳句に対する思いが深かったのか分かろうというものである。

最晩年、九州博多湾の能古島に移住した昭和五十年（六十三歳）には主宰となった「能古島通信」に俳句を発表している。

そして翌年、人生の終焉を前にした病床で、

モガリ笛いく夜もがらせ花二逢はん

と詠む。まさに絶唱である。掲句に接していると、芭蕉の

旅に病んで夢は枯野をかけ廻る

をおのずと想起させられる。

このことは芭蕉を深く崇拝していたことと無関係ではないであろう。

「読書人」（昭和十九年三月、発行所不詳）で保田與重郎の評論『芭蕉』に寄せて次のように述べている。（檀一雄エッセイ集『海の泡』講談社、二〇〇二年一月十日刊収録）以下、若干のコメントを付しながら列記する。

『芭蕉』という沈痛な偉人の、生涯を賭した実現について一一例証する迄もなく今日迄芭蕉の出現は紅毛流の人間の偉大として理想主義風に説かれるか、または自然主義風に堕俗の風物と語られてきた」

（筆者注・紅毛流の人間などと現代では少々異様な感のある表現であるが、戦時下の昭和十九年という時代を考慮しなければならないだろう）

「詩の本来の力は、文学者の誠実の偉大さとをごころのあり方によって、形の上の生命を思わずに、大事に当る者の絶対感を鼓舞するものでなければなるまい。詩人は春の日の落花の中にも、生死の本来の諸相をはげしく対決せしめて、生き方の重さを日々思いめぐらせているのである。芭蕉はそのような詩人であった。生き方の本源の重大な価値のみを思い描いて遂に大いなる我国の神の国と合体したのである。造化に還れとはいう迄もなく自然に還れというような紅毛田園詩人の感慨とは遠い」

（筆者注・芭蕉が「我国の神の道と合体した」かどうかは更に検証する必要があるだろうが、「生き方の本源の重大な価値のみを」希求した真の詩人であったという認識は頷けるところである。そして、本質的に詩人の魂をもった檀一雄の真骨頂がこの言にはある)

「誠に芭蕉の愛慕と悲痛の声の来源は我々の遠祖の何万の悲泣を一本にどよめかせたように深く長い」

そして、

「芭蕉が生涯を懸けたのは俳諧という単なる詩型ではない。日本の天真の詩人がその創造の源泉をくむべき日本の風雅の一貫するまことの生き方であった」

(筆者注・このように真の俳句のあり方を述べている)

「己を虚しくしてわが天道に即く時に旺んな神助は詩人の言霊にのり移って、その神の道の行衛を示教するであろう。芭蕉が禅家風の悟りの人であったというような論議は、今もしばしば末流信者に繰りかえされるが、けだし天真の勇者の第一資格に関与することである。芭蕉ほどの偉大な詩人が何らかの観念的思想に頼って自他を偽るにはあまりに誠実な詩人であった」

（筆者注・芭蕉のことを俳人と呼ばずに一貫して詩人としている点に注目したい）

「芭蕉の沈痛な生涯の中に何かしら打開けたような大安心が感じられて、そこのところがまたなく尊く思われる。物のきらめく風雅の魔心に憑かれながら、飽くことなく実現を希求する永い苦闘の芭蕉の生涯の終りに近く〈蓬萊に聞かばや伊勢の初便〉の一句は、まことに天地ひらけるばかり自在な大道への曙光に満ちている。まことに、〈梅が香にのつと日の出る山路哉〉の炭俵から入って死に至る迄の数句は、深潭の水面にきらめく曙の小波のように清爽、粛颯、末代希有の高風と、凡愚心霽れて、我国の風雅につながる末輩のよろこびに涙することである」

（筆者注・このように最大級の賛辞を呈して、次の九句を抽いて一文を閉じている）

麦の穂を便りにつかむ別れ哉

五月雨や空吹き落す大井川

朝露によごれて涼し爪の泥

秋近き心に寄るや四畳半

稲妻や闇の方行く五位の声

この道や行く人なしに秋の暮

この秋は何で年寄る雲に鳥

秋深き隣は何をする人ぞ

旅に病んで夢は枯野をかけ廻る

句集『モガリ笛』

檀一雄の句集『モガリ笛』は亡くなった昭和五十一年の三年後、「皆美社」から刊行された。その後、平成元年、「むなぐるま草紙社」から五句と付合を補遺した「新撰檀一雄『モガリ笛』」が出された。
補遺された五句と付合は次のとおりである。

昭和三十年二月十七日早朝
坂口安吾の急逝を聞く

巨き漢倒るる朝の梅いまだ

渡邊綱纜に

野海棠花しろじろと山明る

亡友の泳ぎし跡か川廣し

昭和三十年十一月二十三日熊本江律湖々畔にて

手鞠つく童女一人居て櫨赤し

月に野糞博多の奴ら何知つて

この「新撰檀一雄『モガリ笛』」を刊行した「むなぐるま草紙社」は奥付に次のようにある。

平成元年六月十五日上梓
著者　檀一雄　筆者　井上游千
発行者　松木壽三郎　印刷　㈲コサカ印刷
製本　佐野製本所　発行　むなぐるま草紙社
神奈川県藤沢市城南四—一〇—三五
(電話　〇四六六—三六—一七二二)
振替　横浜六—三四三九四　定価四千八百円(税込)

後記に

「『補遺』として収録した四句と付合は皆美社の初版活字本刊行（昭和五十四年二月）以後、新たに発見蒐集された作品である」

とある。

また、注解として次のような記述がある。

「一、絶筆色紙のモガリ笛の句にある左上の弧状の線は著者終焉の五日前に力つきて筆を折ったときのものと聞く。あえてこれをそのままここにとどめおく。

一、文中のカットは筆者が中国の戦場を放浪の折々の慰めに描きおいたスケッチブックから撰んだ。

一、本人、地紋の蝶は、師佐藤春夫が小説集『花筐』（赤塚書店刊）の装釘画（原画多色）として著者に描き与えたものである」

いずれにしろ、発行者の松木壽三郎氏の並々ならぬ熱意が伝わってくるものである。ちなみに、この書の発行部数は五百三十部である。（皆美社の初版本は三百部）

発行者の松木壽三郎氏は、社主謹言として「むなぐるま」について次のように述べている。

「〝むなぐるま〟は漢字で空車と書き、森鷗外はこれを古言といいます。鷗外晩年の随筆に『空車』という作品があり『わたくしは古言に新たなる生命を与える』と書いています。

古言はすなわちことばであり、文章ということでありましょう。出版する全ての作品は、この『新たなる生命』が生動し、精神の努力のあとがこめられているはずです。小社の『むなぐるま草紙社』と名づけた所縁は、この『新たなる生命』を盛るための器、すなわち空車になることを祈念した、いわば小社の志を示したものです」

ところで、この一巻は毛筆による筆写なのである。誠に志の高い刊行というべきである。

さて、『モガリ笛』一巻は今のところ百二十二句から成っている。内訳は、春二十四句、夏四十六句、秋二十五句、冬十八句、雑四句、補遺五句である。

文学の師友への追悼句・挨拶句

佐藤春夫先生を迎えて　於青梅「あさ」山荘

瀬の音の重なり櫻散りかかる

わが詩業はことごとく亡師への帰依なり思慕なり

大人《うし》去りて七年經ぬる葉と櫻

佐藤春夫（明治二十五年〜昭和三十九年）詩人・小説家・評論家。代表作に詩集『殉情詩集』、小説『田園の憂鬱』など。門弟三千人といわれた文壇の大御所。一雄が二十一歳のとき、古谷綱武に連れられて訪ね、以後、師事した。その年、一雄は『此家の性格』を雑誌「新人」に発表した。

この作品は林房雄が新聞の文芸時評で採り上げた。そればかりではなくそれまで一面識もなかった古谷綱武が突然やってきて、一雄が度肝を抜かれるほど誉めた。そして、尾崎一雄のところへ連れて行き、太宰治に引き合わせ、瀧井孝作、佐藤春夫に紹介したのである。

佐藤春夫に師事した一雄は、正月は、和服の礼装に威儀を正し、佐藤邸へ年始の挨拶に出向いた。年始の一座の中では師に最も近く席を占め終始正座を崩さなかった。一雄が五十二歳のとき佐藤春夫はあの世へ旅立ったのであるが、一雄の姿勢は最後まで変わらなかった。ちなみに一雄の代表作『リツ子・その愛』『リツ子・その死』は佐藤春夫の激励がなかったら生まれなかった。

掲句は、まさに師への帰依であり思慕の深い情である。

櫻桃忌　青森にて　三句

君沈む水のほとりや柳暗く

櫻桃の主いまさず老ゆるまま

山路来てススタケを嚙む酒の色

太宰治（明治四十二年〜昭和二十三年）との出会いは前記のとおり二十一歳のときで、古谷綱武に引き合わされたものだった。昭和八年のことである。この後の数年間の異様な交遊を少し長くなるが、エッセイ『太宰治の人と作品』から引用する。

「私が、太宰治の作品をはじめて読んだのも、この「海豹」（筆者注・木山捷平なども参加していた同人雑誌）であり、ほかならぬ『思ひ出』と『魚服記』でありました。その読後の感動と余情が、私の心の中に美しい澪《みお》を曳くようで、まもなく、この太宰治に会った時には、私はためらわず、

『君は天才です。たくさん書いて欲しいね』と言いますと、さすがの太宰も一瞬身もだえるようで、やがて二、三度うなずきながら、

『よし、書く』

とふるえながら答えておりました。

この時以来、私と太宰の異様な交遊が始まりましたが、「鶍」とか「青い花」とか

「日本浪漫派」とか太宰と共通の同人誌をやっていくうちに、ようやく書きたまってきた太宰の未発表や、すでに発表した作品全部を、大封筒に入れて、私が預かりましたが、これが『晩年』と呼ぶ太宰の最初の小説集となりました。
しかし、私達の交遊は、熱狂的であればある程、お互いの悪徳を助長し合うような結果におち入り、私も破滅に瀕しましたが、太宰治は鎌倉で自殺未遂に終わったりしています。いや、私達二人で酔ってガス管の口を開いたこともあります」

昭和二十三年、太宰治が玉川上水に入水したことはよく知られている。その時、一雄は三十六歳。十六年間の異様な交遊であった。

掲句は、昭和三十一年、一雄四十四歳のとき、青森県の太宰治の生家からほど遠からぬ地に建立された文学碑（太宰治の）開幕式に出席した際の悼句である。

一句目は、太宰治が入水した玉川上水の景である。入水したのは梅雨どきであった。景と情がよく溶け合っている。

二句目は、四十四歳で「老ゆる」というのは普通では早過ぎるであろうが、疾風怒濤の人生を四十代半ばまで送ってきた一雄の感慨としては当然のことだと思える。

三句目は、文学碑へと辿って来た山路での即吟であろう。かつてこの文学碑を訪れたことのある筆者としては納得できる内容である。

一雄は太宰治の葬儀には出掛けなかった。

太宰治との交遊は世の形式的な葬式などに収まるものではなかったのである。

太宰治の死から八年が過ぎて、文学碑ということで一雄の心の決着がついたのであろう。

昭和四十年二月十七日　安吾忌

狼にパクパク食はれる赤頭巾

坂口安吾（明治三十九年～昭和三十年）小説家。

戦前から小説家として活動していたが、戦後、特に『堕落論』などにより無頼派として流行作家となる。一雄より六歳年長。四十九年の短い生涯は、激しい精神の明暗の繰り返しであった。一雄は次のように述べている。

「明の時は開放的で、闊達で、融通無碍の、思いやり深い人間通になるが、ひとたび、その暗の時がやってくると、閉鎖的で、横暴で、独断的で、残忍な、時化模様に変る」

そのような坂口安吾を一雄は安吾さんと呼び敬愛した。精神の奥深いところで、自分と共通するものを認めていたからにちがいない。

坂口安吾との出会いは、二十二歳のときに井伏鱒二に紹介されたことによる。井伏鱒二は太宰治が師と仰いでいた小説家であったので太宰の線からの出会いであったろう。一雄四十三歳のときの坂口安吾の死であった。

掲句はいかにも人間坂口安吾らしい。

奇峯亭泥酔而與重郎ニタテマツルウタ即チ

搔い潜るをのこもありて螢水の上

保田與重郎（明治四十三年〜昭和五十六年）評論家。『日本の橋』等の日本美論で昭和十七年、同十八年の二年間だけで十二冊の評論集を刊行し、時代の立役者となった。一雄より二歳年長。

昭和十年、一雄二十三歳のときに、保田與重郎、亀井勝一郎、中谷孝雄、神保光太郎等により創刊された「日本浪漫派」に「青い花」の仲間たち（太宰治、中原中也等）と共に合流し保田と盟友になった。

掲句は、昭和二十三年夏、九州福岡から上京して居を東京に構えるべく、石神井（練馬区）のホテルに滞在中の句である。

戦後、保田與重郎は文壇から抹殺される。

しかし、一雄は一貫してその天賦の才を認め心服していたのである。エッセイ「保田與重郎『芭蕉』」の中で次のように述べている。

「氏の周囲には何かしら名状しがたい艶麗の芬芳《ふんぽう》がまつわりつく如くであった。……

いうならば天与の恩沢に濡れているかと、この人のみずみずしさに驚いた」

一雄の精神は、一時代の思想などではなく悠久の人間のいのちそのものへと向かうのである。

昭和二十一年末中谷孝雄氏信州の疎開先より来福

いざさらば行くも歸るも紅葉野時雨

中谷孝雄（明治三十四年〜平成七年）小説家。

佐藤春夫に師事。昭和十年、「日本浪漫派」同人。一雄と同じ佐藤門下で「日本浪漫派」でも一緒であるが、年齢的（十歳年長）にも文学的活動においても一雄の先輩である。

一雄は師の佐藤春夫に対してこの上のない礼を尽くしていたことは先に述べたが、先輩に対しても同様であることが、掲句で分かる。

準一先生夜行亭先生厚巳画伯等と逢ひ更に
泥春の盃を累ヌ為京子嬢

今宵君灯に入る蟲となりにけり

「準一」は与田準一（明治三十九年〜平成九年）児童文学者として高名。詩人でもある。北原白秋門下。福岡県山門郡瀬高町出身。一雄とは白秋の出身地の柳川をはじめとして福岡県人として縁が深い。妻リツ子の死後、昭和二十一年に再婚したヨソ子は与田準一の紹介による。昭和二十三年、新夫人と長男太郎を伴って東京都練馬区南田中の建売住宅へ福岡から転居してきたが、掲句はその新居での作であろう。

「夜行亭」は眞鍋呉夫のこと。呉夫は体質的に酒を飲めなかったし、与田準一の酒量については詳らかにしないが、一雄に敵うはずはなかったから、飛んで灯に入る夏の虫なのである。

夜行亭は眞鍋呉夫の別號ナリ
別處まで行果すらむ照る螢

眞鍋呉夫（大正九年～平成二十四年）小説家。俳人。晩年、俳壇の最高峰の賞であると言われている蛇笏賞を受賞（平成二十二年第四十四回）して名を馳せたが、昭和二十年から同二十三年まで休止していた芥川賞が復活した昭和二十四年の上半期の第二十一回に『サフォ追憶』が、そして、下半期には『天命』がノミネートされた小説家でもある。

俳句では蛇笏賞のほか『雪女』が平成四年に歴程賞（第三十回）を、次いで平成五年に読売文学賞詩歌俳句賞（第四十四回）を受賞している。

一雄との出会いは、昭和二十一年、福岡市で呉夫が文芸誌「午前」を創刊した直後である。一雄は妻リツ子を亡くして間もないときで、太郎を連れて呉夫を訪れた。が、それ以前の昭和十九年に呉夫や島尾敏雄等の「こをろ」に詩を寄せているので、互いにその存在は知っていたのである。呉夫は一雄を追って上京し、生涯、誰よりもその身近にあった。

掲句は、専ら夜半に思索し執筆する呉夫を案ずる兄が弟に対するような心である。呉夫は一雄より十歳年下。

昭和二十三年八月三日松岡先生綱野先生来訪

透蟬の羽薄うして逢ひがたし

松岡先生は松岡譲（明治四十二年～昭和四十四年）小説家。芥川龍之介や菊池寛等と第四次「新思潮」発刊。夏目漱石の長女筆子と結婚。綱野先生は綱野菊（明治三十三年～昭和五十三年）小説家。昭和十二年より志賀直哉に師事。昭和二十三年第二回女流文学賞受賞。昭和四十二年日本芸術院賞受賞。両氏は一雄にとり文学上の大先輩である。

まえがきに月日まで明記しているのは、よほどの感激であったのであろう。掲句にその心情が出ている。

昭和四十年七月十九日梅崎春生逝く

壺漬を嚙みしめて喰ふ梅雨明けず

梅崎春生（大正四年〜昭和四十年）小説家。

昭和二十九年第三十二回直木賞を『ボロ家の春秋』で受賞。檀一雄は、昭和二十六年に第二十四回直木賞を受賞している。純文学作家の檀一雄が芥川賞ではなく直木賞というのは間違いではないかと思うくらいのことである。このことは、梅崎春生に対しても同様の思いを抱く。この共通点が二人を単なる酒友以上に深く結びつけていたのではないか。

「嚙みしめて喰ふ」に無念の思いが強く滲み出ている。

昭和四十一年五月十日眞鍋天門氏急逝

人みなのさびさび急ぐ天の門

眞鍋天門は眞鍋呉夫の父で俳人。結社誌に投句する作品を少年の呉夫と妻に自分の目の前に正座させて半紙に筆で清書させた。
一雄にとり実の弟のような呉夫の父である。その死に当たり特別な思いが湧かないはずがない。

木山捷平の死を悼む

君去りて窓邊を叩く風の音

木山捷平（明治三十七年〜昭和四十三年）小説家。詩人。一雄より八歳年長だが、同人誌「鷭」「青い花」「日本浪漫派」と行動を共にしてきた同志である。「窓邊を叩く風の音」もひとしお胸に染みたことであろう。

林富士馬「鴛鴦行」出版記念会および
世耕政隆参議院議員當選記念祝賀會宛

友みなと飲み明かさむを遠花火

林富士馬（大正三年〜平成十三年）詩人。文芸評論家。三島由紀夫等と「光輝」創刊。「文學界」の同人誌評を長く担当し、昭和五十四年、菊池寛賞受賞。

一雄とは佐藤春夫門下であり、一雄が責任編集人として昭和四十三年に創刊された文芸誌「ポリタイア」（昭和四十九年終刊）で眞鍋呉夫と共に一雄の片腕となって活動した。世耕政隆は近畿大学の総長で詩人。「ポリタイア」に精力的に詩を発表した。「ポリタイア」の発行元は近畿大学出版局で同誌のスポンサーであった。

掲句はポルトガル滞在中に送ったものである。

浅見淵の訃を聞く

君なくてむなしき空の櫻かな

浅見淵（明治三十二年〜昭和四十八年）小説家。文芸評論家。文学史家としても活躍した。『昭和文壇側面史』など。淵は一雄を認め親密な関係にあった尾﨑一雄と同年齢の早稲田派であり盟友であった。昭和十年代、一雄と同じ雑誌のメンバーとなったことはなかったが、身近な存在であったことは確かである。淵が亡くなった昭和四十八年、一雄は六十一歳で肝臓障害の不安から一カ月間、断食道場に籠っている。亡くなるほんの二年弱前のことで、体調が悪いこともあり淵の死は心身にこたえたことは想像に難くない。

昭和四十九年十一月三十日長谷健氏文學碑除幕式

豆腐忌の木枯巷《まち》に吹きやまず

長谷健（明治三十七年〜昭和三十二年）小説家。

九州柳川出身。昭和十四年上半期第九回芥川賞を『あさくさの子供』で受賞。代表作に同郷の北原白秋の伝記など。

昭和四十九年、一雄は六十二歳。七月下旬、博多湾内能古島に移り住む。亡くなる昭和五十一年一月二日の一年五カ月ほど前のことである。体の不調を圧しての縁のある柳川での除幕式出席であった。

身内（子・孫・妻）

ふみ九歳　誕生祝

姫うつぎ見つつ祝ぐ子の盛り

ふみは再婚したヨソ子との間にもうけた長女である。誕生祝とまえがきにあるが、子どもは長男の太郎のほかにもいるが、誕生祝の句は一巻をとおしてこの一句だけである。九歳という年齢に対して一雄には特別な思いがあったのにちがいない。
九歳。この年齢のとき母トミが出奔したのであった。生き生きとして盛りの可愛い娘を目の前にして深い感慨がないはずがない。

太郎に

地の果てに立つや虚空の石の色

太郎は前妻リツ子との間にもうけた長男である。「地の果て」は太郎が幾年も行ったきりになっているブラジルの地。家出のすすめを思い出させられる厳しい一句である。

太郎と共に滞伯中の晴子より懐妊の由来信　二句

初孫の腹にぬくもる暑さ哉

初孫の育ちや過ぎむ暑き國

一平太誕生

百合の香の揺れつつ整ふ初の孫

一平太に

孫の手に鎮めんと思ふ獨楽の揺れ

「敬老の日」一平太よりジジババの繪を贈らる

孫の秋いと面白手のすさび

子には厳しいが、檀一雄といえど孫は世のジジと同様なのであろうか。救われた気がする。そういえば、妹たちに対してもやさしさを見せる。

新京の二人の妹壽美・久美に

人棲んで氷の厚さいくそばく

新京は旧満州国の首都。現在の中国吉林省長春市。

昭和四十五年四月四日　リツ子忌　即ち

君去りていと懶き花の色

ヨソ子に

白髪の共に混れば霜も花

昭和四十九年十二月二十八日はヨソ子の誕生日なり即ち
子供達の世話のため数日前に歸京せるヨソ子へ打電。

よもぎもち一人や喰はん年忘れ

亡き妻のリツ子、一時離れた妻のヨソ子、二人に対する愛情は嘘偽りではないと思う。が、時の経過による癒しを思わざるを得ない。リツ子が腸結核で亡くなったのは昭和二十一年、福岡県糸島郡西蒲村の海辺の家の二階の間借りしていた一室でのことだった。前年、一雄は報道班員として従軍していた中国から帰国したばかりのあわただしい中でのことで十分な療養をさせてやれなかった。それから四半世紀の時が経っている。

また、ヨソ子夫人については一雄が昭和三十一年、新劇女優の入江杏子と青森県の蔦温泉で関係を持ち、以後、昭和三十七年に別れるまでの足掛け七年間、さらに十二年間、都合十九年間の時が経っている。ヨソ子夫人が帰京したのは博多湾内の能古島《のこのしま》からである。一雄はこの年（昭和四十九年）七月下旬から念願であった同島に一人で移り住んでいたのであるが、体調がはなはだ芳しくなかった。その看病のためにヨソ子夫人は一時、能古島に来ていたのである。なお、永眠したのが昭和五十一年一月二日であるので、ヨソ子夫人へ思いやりの籠った一句を打電してから一年ほどしか経っていない。

いずれにしろ「時」は残酷であり癒しでもある。そんなことを思わせられる二人の妻への句である。

句集『モガリ笛』より秀句選

（文中の引用句を除く）

花散るやうずもるる淵に我もゐて

故郷の水明りしてどよめける

金烏天心暖き町に酒酌まむ

詩と劔抱き合ふて春の雨

ものみなの過ぎゆく時ぞ花の色

初聲の清らに梅の一二輪

八十八の老父シャシャリ出て桃の壇

句集『モガリ笛』より秀句選

忘れたる夢あり窓は合歓の花

楊柳の青さやあるじ棲みかはる

呼ぶ人のまぼろし泳げわきいづみ

國敗れ妻死んで我庭の螢かな

是の赤き烏帽子を看よや俺の夕

摑まばや海の眞蕊の碧き奢り

ヌシと連れてもぐりし潮の暖かさ

微かなる波の音あり月の揺れ

風鈴のなごりすさまじ君ゆきて

夏の夜の終りに焚かんいろりかな

山彦の呼べば答へん夏木立

モーツァルト蟬の音に似る晨かな

蜩の幾變りして君を聴く

鮎無くて雑魚混り合ふ暑さ哉

句集『モガリ笛』より秀句選

雨姫と背中あはせのぬくさかな

酒無しの我が眼に「酔」の青葉哉

面影は眼交にあり樟若葉

天魔いくつ通り過ぎたる地べた哉

梅雨空にのぼりて友と飲まんとや

堕落天使虚空に星の音ばかり

齒こぼれし口の寂さや三ツ日月

筑後路の熟柿の重さ手に染まむ

蟹を食ひ唐黍を食ひ秋燦燦

菱《ひし》食へどババはゐまさず倉の家

此處にして荻に憩はむ蕎麥の茶屋

有明や月を透かして酒をつぐ

梨喰へばいとど戀しき人のこと

長汀のどこに狂はん稲光

人去りて三十年の菊の花
斷食の眩み懶うし鶉啼く
師の重味支ふる少女莢の廊
梟の夢にもたける鬼火哉
明日發つと寢る夜のいらか打つ霰
ペンギンの啼きしずもりて海凝《こご》る
落葉散りて昔の夢の醒めの際

鶯替への夜吹雪する茶屋明り

霜白き晨の天に昇る人

山鳩のにこごりうまし城の里

寒き夜の獨り居に在る柑子哉

寂しさやひとの行くてふ人の道

無慙やな吹雪する夜の親の胸

殘り風吹かれて餅を食う日哉

ふるさとはしぶたも棲まず嬶ばかり
＊註　しぶたは鮑の子の方言

吹き上ぐる風もとどろの濱のなり

「檀一雄百句と二ノ宮一雄解説」（久保輝巳）に触れて

夏目漱石や芥川龍之介を持ち出すまでもなく、現代においても俳句を詠み句集が刊行されている小説家は少なくない。しかし、檀一雄が日常的に俳句を詠んでいたこと、そして句集『モガリ笛』一巻が編まれていることはほとんど知られていない。

そのことをかねてから残念に思っていた私は、俳句総合誌『俳壇』の田中編集長とお会いする機会に恵まれたとき、そのことをお話すると「うちの『誌上句集』に是非お願いします」と有り難いお言葉を頂戴した。「誌上句集」というのは『俳壇』の巻末に一人の俳人について百句と解説を載せた保存版である。

右のようなわけで、『俳壇』（平成二十四年六月号）に『モガリ笛』から百句を私が選び解説を書いた。

それに対して『俳壇』編集部の方へどのような声が寄せられたのだったか詳らかにしないが、私個人のところへは予想を上回る手紙や電話が届いた。そればかりではなく読後感を雑誌に発表してくれた人も結構いたのである。

中でも『霧』（平成二十四年七月発行）という宮崎県都城市から出ている文芸誌に久保輝巳さんが『檀一雄百句と二ノ宮一雄解説』と題する一ページ二段組みで七ページにわたる文

章を書いてくださり、これを読んだ宮崎市在住の畏友の俳人・本村蠻さんが「久保輝巳さんの随筆、檀さんの俳句を軸に二ノ宮さんへの親愛の情滲む文章で味読いたしました。二ノ宮さんは幸せです」と言ってくれたほどの実に懇切な心の籠った一文であった。全文というわけにはいかないので骨子の部分を私の説明を足しながら引用する。

（なおここからは久保輝巳さんのことをフルネームでなく久保さんと言わせていただく）

久保さんは、芥川賞候補作家である。第四十六回（昭和三十六年下半期）に『海の屑』、第四十七回（昭和三十七年上半期）に『白い塑像』、第四十八回（昭和三十七年下半期）『子どもの国』が立て続けに候補にあがった。

それらの作品を文芸誌『文学界』で読んで惹かれていた私は、二十代半ばで発刊した個人誌を久保さんへ送った。久保さんは私より十歳年上であった。二人の出会いの部分から引用する。

「檀さんの俳句そのものについては後述することにして、先ずここでは二ノ宮氏と私の関わりについて少し述べておきたい。

拙作が中央の文芸誌に掲載されるようになってまもなくのことだから、たしか昭和三十七年か八年頃のことではなかったろうか。在京の未知の青年から、『読んでみてはくれないか』と、ガリ版刷りの個人誌が送られてきた。早速読んで感想を書き送ったのが交友の始まりではなかったかと思う。翌年か翌々年、昭和三十九年に私が神奈川県逗子市立図書館に勤めるようになり、宮崎から逗子に移住すると、彼自身東京の私立大学の図書館に勤めていたこともあって、頻繁に行き来するようになった。そしてやがて、私の檀一雄師宅への往訪にも誘うようになった。

檀さんは先生と呼ばれることを嫌われたので、ここでもさん付けで通すことにするが、私自身は宮崎時代知り合って以来、文芸上の先達として師事してきたつもりである。従って逗子移住後は、何かの折にしばしば練馬区石神井の檀さん宅を訪ねるようになっていた。またしばらく無音に過ごしていると、先方から新しく出版された著書の贈呈のための自宅での飲み会に誘われることもあった。それらの会に二ノ宮氏も何回か同席したはずである。

そして、昭和四十三年、檀さんがかねてから構想していた雑誌が、季刊文芸誌『ポリタイア』として創刊され、これは檀さんが亡くなる前の年まで続けて刊行されることになるが、同誌に二ノ宮氏も何編か小説を発表している。

そんなことから私の頭には、二ノ宮さんは小説書きの文芸仲間、という意識がずっとあった。ところが檀さんが年初に亡くなって昭和五十一年七月に『檀一雄追悼特集号』を出したのを最後に『ポリタイア』が終刊してしまうと、それっきり二ノ宮氏の小説作品を目にすることはなくなった。

何年か間をおいて、次に氏の文芸作品に接するのは、俳句という形であった。初めのうちは何かの結社に属し、その結社誌に投句していたようで、氏の作品の出ている句誌を何冊か手にした覚えがあるが、時期ははっきりしない。むしろ俳句のことではっきり覚えているのは、二ノ宮氏が主宰者として結社を結び、その結社誌が定期的に送られてくるようになってからである」

神奈川県逗子市の久保さんのお宅と東京都調布市の拙宅を泊まりがけで行き来する程に親しく交わるようになったのは、檀一雄をお互いに尊敬していたことが大きい。もちろん、私が久保さんの人間と作品に対して深い近親感を覚えていたにはちがいないが、私は、久保さんに会う以前から、檀一雄の『リツ子・その愛』『リツ子・その死』を最高の小説作品と思い、そのことを評論としてある雑誌に発表していたほどなのである。

「一方二ノ宮氏は作句のかたわら随筆にも興味をもっていたようで、いつの頃か『日本随筆家協会』に属しせっせと随筆も書くようになっていた。作品の出ている『月刊ずいひつ』が送られてくるようになって一年ちょっとしか経たないのに『日本随筆家協会賞』を受賞して驚かされた。

そしてしばらく『月刊ずいひつ』も俳句の方の結社誌も送ってこないなと考えているところに、新しく送ってくるようになったのが『架け橋』である」

「架け橋」は平成二十二年四月に前年の暮に「日本随筆家協会」が長年の歴史に幕を閉じたあとを受けて私がこれはと思う人たちに呼びかけて結成した「文芸家の会」である。私は随筆を書くかたわら小さな俳句の集まり「一二三会」の主宰をしていたので、「架け橋」結成二年半後の平成二十四年十月に両者を合わせて〝俳句と文芸のコラボレーション〟と銘打って季刊「架け橋」とし現在に至っている。

「もともと二ノ宮氏は、小説を書くかたわら詩や短歌も作っていたようで、俳句の方で小さな結社の主宰者となる頃にはすでに、「日本詩歌句協会」にも属していたようである。また、「法政大学国文学会」の会員でもある氏は、小説、評論、随筆、詩、短歌、俳句と、あらゆる文芸分野に知人がいるらしい。数年前に「文芸家の会」なるものが結成されて氏がその代表に推され、機関誌の「架け橋」が送られてくるようになったのである。

五月に入ってまもない一日、〃ゆらメール〃便が届いた。封筒が、彼が代表で発行元も引き受けている『文芸家の会』の印刷封筒だったので、てっきりその最新号だろうと思い、他の郵便物と共に受け取ったまま部屋の机の上に置いておいた。

夜、開封してみて驚いた。『俳壇』六月号だった。その種の雑誌を手にするのは初めてのことだったので、しばらく両手で支え持って表紙に見入った。

真ん中に墨字で大きく『俳壇』とあるが、小学低学年児が書き殴ったかと思わせる稚味と練達の雅味を併せ持つ題字は、見馴れた者には一目でそれとわかる榊莫山の筆である。

そして右上に『特集・金子兜太〜作品とアルバム』と左下に『誌上句集・檀一雄』とある。それを目にしただけで二ノ宮氏が送って寄越した意図は汲みとれたが、さらに目次を繰ってみて、『保存版・俳壇誌上句集　檀一雄百句［解説］二ノ宮一雄』とあるのを見て、その意図はいっそうはっきりとしてきた。

檀さんの誌上百句は色違いの別刷りとして、一ページ八句ずつ一三ページに亘って、巻末に収載されているが、その冒頭に二ノ宮氏が『まことの俳句』と題して解説文を書いているのである。（中略）少し興奮気味に二ノ宮氏の解説文、檀一雄百句と読み進んでいき、最後の頁に少し小さな文字で©檀太郎とあるのを見て、ふと或る想念が私の脳裡に浮かび、それはやがてほぼまちがいない確信となって私の中で定着した。

それは、没後三年目の昭和五十四年に『檀一雄句集』（皆美社刊）が刊行されるほどの数多い檀さんの俳句の中から、今回の百句を選ぶに当たって、長男の太郎さんは二ノ宮氏に相談し、二人協力して選句に当たったのではないか、という思いである。さらにそのもうひとつ奥には、長年檀さんの最も親しい文友であり、自分でも作句を続けて来られた作家の眞鍋呉夫さんの助力があったのではないか、という思いも加わった」

右の文中には久保さんの思い込みで事実と異なるところがある。例えば百句選んだのは私の全くの独断であった。久保さんにそのように言われてみると、そうした方がよかったと反省しているが、百句選ぶに当たって『モガリ笛』の借用を眞鍋先生にお願いしたときに太郎さんのことが話に出たりしていたから、久保さんの思いも全く根も葉もないことではないのである。

「さて檀一雄百句であるが、先ず、『小生十九歳ノ折作レルママ今モソノ感傷新シク禿筆ヲ嚙ンデ記ス　昭和二十五年二月十五日』と前書きのある

潮騒や磯の小貝の狂ふまで

という青年期の句に始まり『絶筆』となった

モガリ笛いく夜もがらせ花二逢はん

で終わっている。その前の句が、晩年の一年半ばかりを過ごしたポルトガルの西海岸サンタクルス浜で詠んだという

落日を拾ひに行かむ海の果

である。従って作句の年代順に並んでいるものと最初思ったが、仔細に読んでいくと必ずしもそうではなさそうだ。というのは『昭和十九年　従軍中　二句』と前書きのある

唐もみじ何處に雀が寄るのやら

洞庭の波に揉まるる月一つ

の二句が全体のほぼ中程にあるからである。

何回か通読してみて、やはり句の背景が分かる俳句に魅かれるのは自然のなりゆきであった。それらの一つとして、先に逝ってしまった文芸関係の師や友人を詠んだものがある。例えば師の佐藤春夫を偲んでの句であろうと思われる。

大人《うし》去りて七年經ぬる葉と櫻

詩に痩せて老師身近し麥の笛

の二句や『櫻桃忌　青森にて　三句』と前書きのある。

君沈む水のほとりや柳暗く

櫻桃の主いまさず老ゆるまま

山路來てススタケを嚙む酒の色

などがそれに当たる。

（中略）

追悼句としては本集の終わりから三句目に『安吾忌』と前書きのある。

狼にパクパク食はれる赤頭巾

がある。坂口安吾との関連では、親交のあった安吾を偲んで、昭和四十一年出身地の新潟を訪れた際詠んだという

いのちなり怒濤の果に残る道

の句碑が、檀さん死後四年目の昭和五十五年に同県北蒲原郡黒川村に建立されたことは『檀一雄全集』別巻（眞鍋呉夫編、沖積社刊）の年譜（沖山明徳）により知っていたが、同句もこの百句に収められている。また

壺漬を嚙みしめて喰ふ梅雨明けず

は、二ノ宮氏の解説文により『酒友であった小説家梅崎春生に先立たれたとき、彼から送られた壺漬が冷蔵庫に入れたままだったことを思い出して取り出し、即吟したもの』であることを知った。

心肝に訴える句を掲げていけば切りがないが、私にとってはやはり絶筆となった。

モガリ笛いく夜もがらせ花二逢はん

がいちばん痛切である」

（中略）

「さて二ノ宮一雄氏の解説文に戻ると、氏はその文の終わりの方で『モガリ笛』の句を掲げ、『掲句に接していると、芭蕉の

旅に病んで夢は枯野をかけ廻る

をおのずと想起させられる』と書いているが、それには全く同感であった。

つづけて氏は、檀さんの『芭蕉が生涯を懸けたのは、俳諧という単なる詩型ではない。日本の詩人のまことの生き方であった。日本の天真の詩人がその源泉をくむべき日本の風雅の一貫するまことの生き方であった』という芭蕉に関する文章の一節を紹介している。檀さんがそれほど深く芭蕉のことを思っていることは知らなかったし、檀さんにそういった芭蕉論があることも知らなかったので、改めて強く胸を打たれる思いがした。

そして氏は『このように檀一雄にとって、俳句は芭蕉を規範としたまことの生き方を証す融通無碍の器であった』と解説文を結んでいる。そこまで読んできて、『まことの俳句』という標題の意味もよく理解し、納得できた。

解説文全体としても、頷き、感服するばかりで、檀さんの俳句に対する真意を一千字足らずの中でよくまとめ、紹介した好解説と言えるのではないか。読んでいて、二ノ宮氏の文芸者としての長年の修業の成熟度が感じられ、同志として慶ばしく思った。

また、檀さんの百句は『俳壇誌上句集』としては七十八の番号が付けられ、二ノ宮氏の日本随筆家協会賞受賞の随筆集『好意』も『現代名随筆叢書』七八である。シリーズナンバーが同じであることに何かの縁を感じずにはいられない。蛇足かもしれないが、ひとこと触れておくことにする」

久保さんと逗子のお宅で初めて会い差し向かいで酒を酌み交わしてから今年（平成二十五年）で五十年経つ。途中やや疎遠な時期もあったが半世紀も続いている文学上の交友は私にとって久保さんだけである。

いま交友と書いたが、前記したように久保さんは私より十歳も年上だし、文学上の実績（芥川賞に続けて三度もノミネートされた等）そして社会的地位（逗子市立図書館長や大学教授）からいっても友人というよりも先生格である。

だが、お互いに檀一雄を師と仰いだ間柄なので表向きは師事ではなく兄事ということで許してもらっている。

久保さんは、この一文の最後のところで、眞鍋呉夫先生の死に触れながら、「二ノ宮氏共ども、檀さんの下、兄貴分と慕ってきた身」と私を包み込んでくれている。

絵画性

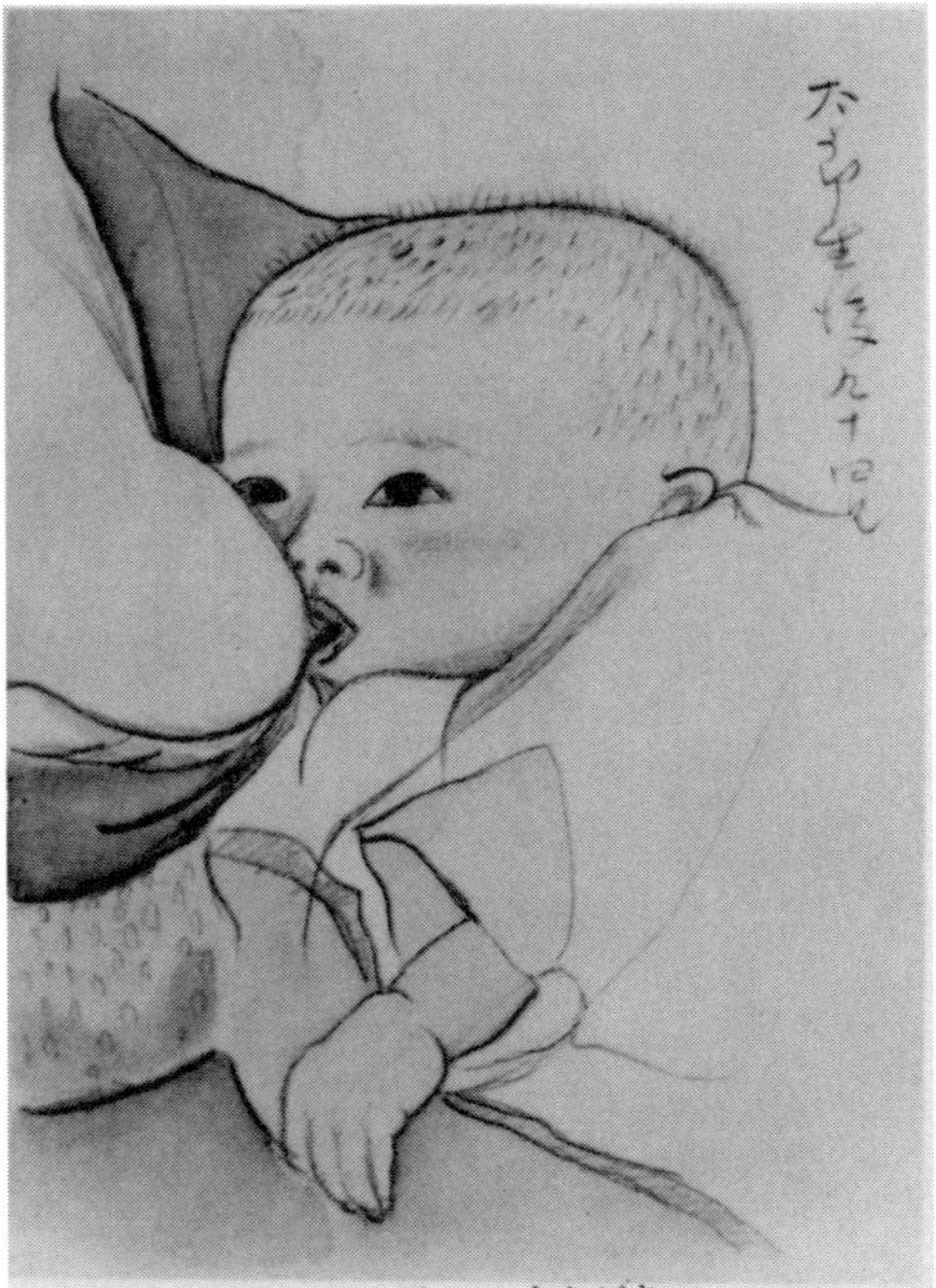

「檀一雄絵ハガキ」より　太郎生後九十四日

「檀一雄絵ハガキ」より　岳陽楼

檀一雄が原稿用紙に向かう以前から己のカオスを画用紙に託していたことは、エッセイを読んで知っていたし、「ポリタイア」時代にお世話になった文芸評論家の古木春哉さん（父は小説家の古木鐵太郎、母は佐藤春夫の妹）の奥様から、

「春哉の遺品を整理していましたら出てきました。これは二ノ宮さんに持っていてもらうのが一番いいと思うのでお送りします」

という趣旨の手紙が添えられた「檀一雄絵ハガキ」を二枚頂戴していたので絵そのものも見ていた。

「檀一雄絵ハガキ」がいつどのような経緯で作られたのか分からないが、「郵便ハガキ」であるのでかなりの枚数があったのにちがいない。今、筆者の手元にあるのは「太郎生後九十四日」と但し書きがあり、下の方に

〝垂乳根の　そのかの母よ　かきうだき　乳房与えて　首無し哀れ　檀一雄〟

という短歌が記されてある乳房を含んだ太郎さんが正面に大きく描かれているものが一枚。

母親（リツ子さん）は首無しどころかふくよかな乳房一つだけが左手に描かれているだけである。

この絵が制作されたのは、一雄が三十一歳の一九四三年（昭和十八年）八月二十九日に長男の太郎さんが生まれていることからその年の十二月三日頃ということになる。

もう一枚は、「岳陽楼」と題された文字どおりの樓である。右端と左手の上の方に説明書きが入っているが、細かい文字が薄れていて読み取ることが出来ない。いずれにしろ、樓の感じから中国のそれのようだ。

前述のようにこれらの「檀一雄絵ハガキ」がいつどのような経緯で作られたものであるか筆者には分からない。が、性質上かなり多くの枚数があったろうことは言えると思う。もし、これらを揃えることが出来れば檀一雄の画業のほとんどが見えてくるはずである。どうにかならないものだろうかなどと思っていた矢先、先日（平成二十八年五月二十四日）夢のような有り難いものが拙宅に届いたのである。

宅急便で四角く平べったい幅のあるものだった。筆者には全く心当たりがなかった。急いで送り主を見ると〝練馬区石神井、檀家一同とあった。物は瀟洒な額に入った檀一雄が描いた絵だった。

そして、おおよそ次のような手紙が同封されてあった。

「いつも檀一雄のことをとりあげてくださって、ありがとうございます。父がポルトガルで描いた水彩の複製をお送り致します。残りわずかとなりまして、二ノ宮さんにもらっていただくのがいいと我が家で意見が一致しました」

父が、と書いてあるから、お子さんたちにちがいない。確か五人おられて一人は亡くなられているので、長男の太郎さん、長女の女優のふみさん、それにあと失礼ながらお名前を存じ上げないが男性女性お一人ずつおられたと思う。

いずれにしろ、誠に思いもしないことでうれしさを通り越して茫然自失の態であった。

絵はポルトガル滞在中の食卓の景である。

右の上方に「卓上燦燦」と大きく書かれてある。これが題名なのであろう。上の方の真ん中から左の方へかけて「奇酒横溢」そして「孤独満悦」と書かれてある。「奇酒横溢」の下の方には「ＤＡＮ」と書かれた壜が描かれてあるが、これはポルトガル滞在中に愛飲したポルトガル産のワインである。

このワインについては、筆者には忘れられない思い出がある。帰国された一雄が「ポリタイア」の編集委員たちを自宅に招待した。その頃、筆者はその端くれにいたので末席に列なった。そこで筆者が壜からグラスに注いだ中に蝿が入っていたのである。

筆者は黙って、はるばると遠いポルトガルの片田舎のサンタ・クルスから日本国東京都練馬区石神井の檀邸の応接間までやって来た一匹の蝿をそっとつまみ出した。

話が外れたが、絵の制作年月日が下の方に記されてあった。

「A NOITE 3 SET・71」と。

一九七一年九月三日（昭和四十六年）だ。この年の五月には健康を心配してヨソ子奥様がやって来ている。が、一雄は『火宅の人』の中の一編『きぬぎぬ・骨』を脱稿して新潮社へ送ったあと九月末からヨーロッパ各地へと旅立って行った。

サンタ・クルスにて
落日を拾いに行かむ海の果　一雄

さて、句集『モガリ笛』一巻の中には心情を吐露した作品が多いことは確かである。が、次のような絵画的な句も結構ある。

春の山幾つ霞んで里の歌
麥青み山青み空青みけり
瀬の音の重なり櫻散りかかる
春一番うめきもだゆる波の面
五月雨や井のままにゐるかはず哉
掻い潜るをのこもありて螢水の上

蛸壺を磨く人あり波静か
鳥翔んで歸らぬ果の青さ哉
雷のくまなく照らす波のゆれ
手鞠つく童女一人居て爐赤し
山峡のたつきの煙乏しらに
洞庭の波に揉まるる月一つ
澤蟹の微かに動き紅葉せる

蜻蛉のひとり目覺める葉の細り

山の端に眉毛引きたる三ツ日月

以上、十五句抽いた。いずれも一幅の絵としても鮮明な作品である。が、特長的なのは一つは「波」「瀬」そしてそのものズバリの「水」など水に関する句が六句もあること。もう一つは、色彩の特徴が「青」であることである。

これらから見えてくる色は結局のところ「青」である。それもかなり単彩のそれである。そういえば、前述の「卓上燦燦」の画面の基調を成しているのも淡いブルーであった。この色彩感覚から檀一雄の魂の奥底を覗いた気がするのは穿ち過ぎだとも思えない。

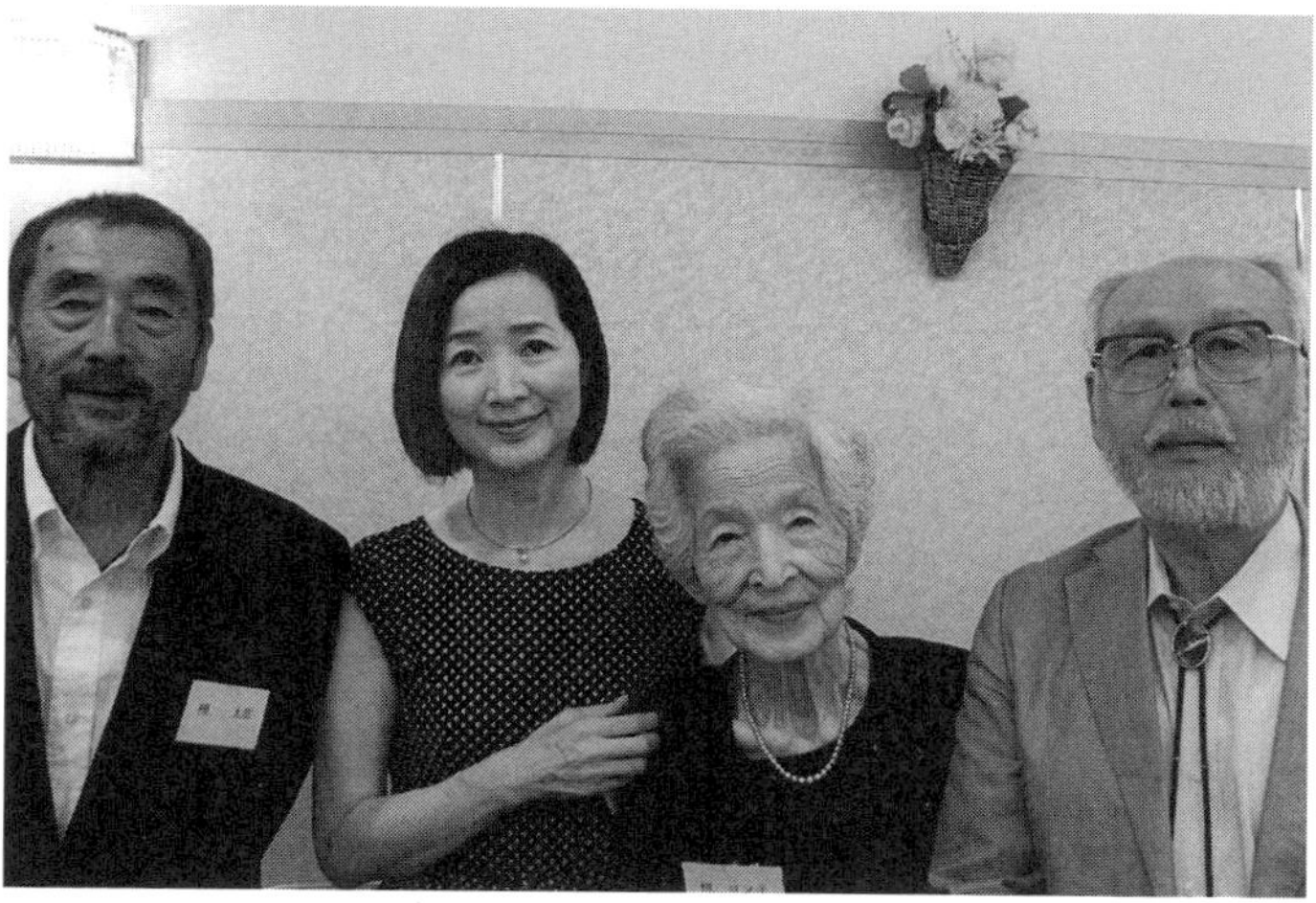

長男・太郎　　長女・ふみ　ヨソ子夫人　　筆　者

余滴

さわやかな一陣の風が吹き渡ったようだった。

「お母さん、車をまわして来ます」

と、ホテルのロビーを足早に去って行く女性の声は、まぎれもない檀ふみさんだった。お母さん、と呼ばれた老婦人は、ふみさんの母上のヨソ子奥様で、もちろん檀一雄の夫人である。

ヨソ子奥様とふみさんの母娘は、そのすらりとした体型といい気品のある佇いといい実に似ていてあたりを払う感があった。

私は挨拶しようと思ったが、一瞬、怯んで、遠くから見ながら通り過ぎてしまった。目的の「眞鍋呉夫さんを偲ぶ会」の開始までまだ一時間近く間があったので、私はコーヒーでも飲みながら時間をつぶそうと思い、一階上のレストランへ向かって階段を上がって行った。

その日（平成二十四年九月十七日）ここ（東京・市ケ谷のアルカディア）へ向かって来る電車の中で、私はひょっとするとふみさんは出席するかもしれないなと思った。なにしろ、檀家と眞鍋家は昔からの家族ぐるみの付き合いで、先日（平成二十四年六月五日）九十二歳で亡くなった眞鍋呉夫先生は子どもの頃からの親しい眞鍋のおじさんなのだから、姿を見せても不思議ではないと思ったのだ。

しかし、ヨソ子奥様がやって来るとは……。

はっきりとした年齢は知らなかったが、今年は、昭和五十一年に六十三歳で亡くなった檀一雄先生の生誕百年だから、そのことから推し量ってみてもかなりの高齢であるのにちがいなかった。

私は、レストランの外堀が見える席に腰を下ろし、昭和四十三年一月六日、二十九歳のとき、季刊文芸誌「ポリタイア」(檀一雄責任編集。眞鍋呉夫事務局長)の創刊祝賀会が東京・石神井の檀邸で催された席で初めて両先生に会った際のことを思い出していた。

あれから、もう四十五年も経っていた。

眞鍋先生と檀先生が初めて会ったのは、敗戦の翌年、昭和二十一年五月十九日だった。

その頃のことを眞鍋先生はエッセイ『夢みる力』と東京新聞(二〇〇六年四月六日夕刊)に『月のるつぼ――檀一雄没後三十年』に書いている。一部引用する。

「当時、四つばかりになった太郎君を肩ぐるまにした檀一雄さんが、はじめて「福岡市高宮の父の家に寄食していた私に会いにきてくれたのは、昭和二十一年五月十九日。檀さんが『リツ子・その愛』『リツ子・その死』のヒロイン律子夫人と死別して約一カ月後であった。檀さんは男ざかりの三十四歳。口のまわりは黒い針のような無精髭におおわれ、太い黒縁眼鏡の奥にはやや斜視気味の眼がしんとみひらかれていたが、そうしてむかいあっているだけで、なにか無垢で無稽な生命の激しい精気がぴりぴりと伝わってくるような感じであった。以来、私は何かと理由をつけては、その頃檀さん親子が身を寄せていた福岡県松崎の御母堂の疎開先を訪ねた。（中略）檀さん親子はそれからまもなく、御母堂の疎開先から姿を消したまま、杳《よう》として消息を絶ってしまった。その檀さんがまた飄然と私の前に姿を現したのは、すでに秋風が吹きはじめたある日のことであった。檀さん親子はそれからわずか三カ月余の間に、柳川の御父君のお宅から山門郡東山村の村山家へと転々とした挙句、今は同じ東山村の善光寺の屋根裏にころげこんでいる。だから、きたない所だけど、よかったら遊びにこないか、と云う（後略）

もう少し引用する。

「本堂のうしろの広い階段を手さぐりでのぼると、畳を剝いだ十坪位の、荒壁で鍵型に区切られただだっぴろい空間でまがりなりにも家らしいものといえば、階段を上がってすぐ右側の壁際に、古びた小簞笥が一つままごとめいた煮炊きの道具がひと揃い。その奥に古畳が二枚と薄い蒲団、小さな経机と文庫本の杜詩。そのほかには、きれいさっぱり何もない、草双紙にでも出てきそうな狐狸のたぐいの棲家ではないか。一瞬、誰だ、誰が一体、妻であり、母である律子夫人を失ったこの親子をこんな所に追放したのかとやり場のない憤りにかられながら佇ちすくんでいると、檀さんが十九歳の時に詠んだという句、

潮騒や磯の小貝の狂ふまで

が何かの啓示のように、私の脳裡に浮んできた」

さて、会場では太郎さんのスピーチが続いていた。

「母が亡くなったあとのことですが、父に連れられて眞鍋さんの家に行き、おにぎりとスルメをご馳走になりました。そのおいしさが忘れられず、父に、眞鍋のおじさんのところへ行こう行こうといくどもねだったものでした……」

実は、私はこれまで太郎さんと直接会ったことがなかった。先日、電話で二度ほど話しただけだった。だが、黒い髭面と体全体から醸し出している茫洋とした感じは、まぎれもなく父親譲りのもので、つい先頃、俳句総合誌に太郎さんが俳句を発表したページに載っていた顔写真を見ていなくても、私には一目で分かったはずである。その太郎さんの雑誌への俳句発表については、私もいささか係わりがあった。

昨年の十一月だった。二年間雑誌に連載した俳句作家論を単行本として刊行するために出版社を訪れた。応接間で担当者と編集長さんと対面している中で、作家の檀一雄が俳句を詠んでいたこと、そして、句集もあることを話した。自己紹介のつもりで持参した拙著

『ポリタイアの人々――鎮魂・檀一雄』のことからだった。

編集長さんは、

「全く知りませんでした。うちの雑誌で誌上句集といって、毎月一人の俳人の一〇〇句を選んでいただき、解説を書いてもらっていますので、是非、お願いします」

と喜んでくれた。

そして、今年の六月号に『檀一雄100句』と『解説・まことの俳句』が掲載された。私はその雑誌と『ポリタイアの人々――鎮魂・檀一雄』を九州の能古島の太郎さんのところへ送った。本は平成二十一年に出版したものだったので、もう三年経過していた。本が出たとき、序文を書いてもらった眞鍋先生からヨソ子奥様へは必ず送っておくようにと念を押されていたから、言われたとおりにしたが、太郎さんへは失礼してしまった。私は、この機会にと送ったのである。

すぐに、太郎さんから電話があった。

太郎さんは、

「一昨年、東京から父が住んでいた能古島に移ってきています。家は戦後すぐに建てられたものなので、痛みがひどく建て替え、裏の一〇〇坪ばかりで畑をやっています。だが、まだ現役ですので月に三回ほど上京していますが、今も東京から戻ってきたところです」とはじめてとは思えないほど親し気に話すのだった。

そして、また、

「二ノ宮さんのことはいろいろな人から聞いていました」

と続けた。太郎さんは、さらに

「私も俳句を十三年前からやっています。星野高士さんの雑誌に俳句を出していますし、黛まどかさんたちと句会もやっています。父から、太郎、俳句をやりなさい。そして、それを筆で書く習練をしなさい。他人に求められたら、その人の顔をきちんと見て、書くようにしなさい。と言われました」

と思いもかけない檀先生の俳句に対する深い思い入れを聞いたのだった。

その後、また、別の拙著を送ると、

「是非、能古に遊びに来て下さい」

と、請われた。

そのような太郎さんとの電話のやりとりを編集長さんに話した。そのことが太郎さんの俳句の発表につながったのではないかと私は思っているのである。

会場での太郎さんの立ち話が一段落ついたようなので、私は近寄って行った。そのとき、私は名乗ったのだったろうか。そうしなかったような気がしている。太郎さんと顔を合わせ、それだけでお互いに飲み込んだのだったような気がしている。

太郎さんは、そそくさと私をヨソ子奥様とふみさんのところへ連れて行き、

「ばばちゃん」

と声を掛けた。

そして、

「二ノ宮さんが、チチの俳句のことを書いてくれた」

とヨソ子奥様の方へかがみ込んで言った。

私も同じようにかがみ込み、

「二ノ宮です。先生のこと、書かせていただいたり、講演させていただいたりしています」

と言って、前日、NPO法人日本詩歌句協会の第8回詩歌句随筆評論大賞・協会賞授賞式の席上で講演したレジメを手渡した。

受け取ったヨソ子奥様はレジメに目をこらしたが、見えないらしく、ふみさんへ手渡した。

ふみさんは、

「出会いのときが、昭和四十三年一月六日、石神井の家でのポリタイア創刊祝賀会とありますが、そのとき、森敦さんはいたのですか」

と私に笑顔を向けた。

ふみさんがレジメを見て、即座に、小説家の森敦さんの名を口にしたことに、どういうことなのだろうかと気にかかったが、

「いましたよ。ふみさんもその辺にいたんじゃあなかったのですかね」

と私は笑顔を返した。

私は、友人が社長をしている出版社の編集部の若い女性を呼び寄せ、ヨソ子奥様を中心にして太郎さん、ふみさん、私の四人の写真を撮ってもらった。

私はうれしかった。小説家になりたいと熱い思いを抱いて檀邸の門をくぐって四十五年、その夢は叶わぬまま今日を迎えたが、いま、文学にはちがいない俳句の縁でここに集っているのである。

ところで、太郎さんが紹介すると言って連れて行ってくれた西日本新聞社の社長さんに、「ポリタイア同人の二ノ宮さん……」と引き合わせてくれたのを聞いて、半世紀近く経っても私同様に「ポリタイア」がどんなに深く脳裡に刻み込まれていたのかと、私はせつなくなった。

「ポリタイア」同人といっても、眞鍋先生が亡くなった今、発起人の檀先生、林富士馬さん、世耕政隆さん、麻生良方さんたち全員、そして、同人制に移行したときの世話人（発起人を除く）の古木春哉さん、沖山明徳さん、後藤明生さん、久保輝巳さん、森敦さんのうち久保さんただ一人を除いてもはやこの世の人ではないのである。その久保さんも八十四歳の高齢で二〇〇メートルも歩けないと先日の手紙で書いて寄こした。しかし、文筆活動は盛んで、私の『檀一雄100句選・解説』に対しても、帰郷している宮崎県都城市の雑誌に私との長年の付き合いを辿りながらねんごろな長文の随筆を書いてくれた。久保さんとの五十年にわたる付き合いは、途中、多少の行き違いはあったが、お互いの晩年、このような復活があったことは実に有り難かった。

だが、二人で能古島へ行こうとの私の誘いに、

「行きたいけれど、残念だが、足が……」

と応えた。

さて、太郎さんは、壇上でのスピーチの中でどういう脈絡であったか、その頃は、私はかなりアルコールがまわっていたので分からないのだが、

「今日はポリタイアの二ノ宮さんが来られている……」

という言葉が聞こえて来た。

檀一雄先生の余徳

「季刊文科・73」（鳥影社　平成二十九年十二月三十一日発行）より

平成二十八年の薫風に乗って夢の中の出来事のように贈り物が我が家に届いた。それは両手を肩幅よりやや広くひろげたほどの四角く平たい品物だった。開けてみると、次のような手紙が添えられてあった。

「二ノ宮一雄様

いつも檀一雄のことをとりあげてくださってありがとうございます。父がポルトガルで描いた水彩画の複製をお送り致します。残りわずかとなりまして、二ノ宮さんにもらっていただくのがいいと我が家で意見が一致しました。(勝手ですが……)今後益々のご活躍とご健勝をお祈り申し上げます。

草々

檀家一同

追伸　うっかりしたことで二ノ宮さんの御住所がすぐにはわかりませんでした。文藝書房にお尋ねしたところ〝本来ならお教えできない〟と大変気にしていらっしゃいましたのでよろしかったら、何かの折、お詫び申し上げて下さい。あしからず」

「父が」とあるので、ご長男のエッセイスト・料理研究家の太郎さんやご長女の女優ふみさんからのものにちがいなかった。文中にある「文藝書房」というのは、私が平成二十一年八月に『ポリタイアの人々——鎮魂・檀一雄』を刊行した神田の出版社である。また、「ポリタイア」というのは、檀一雄先生が編集兼発行人として発行した季刊文芸誌である。同誌は昭和四十三年一月十日に創刊され、同四十九年三月十日に終刊した。この間、私は同誌に小説を六編ほど載せてもらった。

私はすぐにお礼状を送った。

「拝復　檀一雄先生の水彩画を拝受いたしました。全く一〇〇パーセントもこのような有り難いことがあるなどとは思っておりませんでした。正直、茫然自失という感じでした。檀先生にお会いする前の若年の頃から尊敬してやまない先生で『リツ子・その愛』『リツ子・その死』は小説としてあるべき最高傑作であるとの評論を雑誌に数編発表しておりました。『ポリタイア』で直接にお世話になったときはただただ有難く真面に口をきけませんでした。幾度もお宅にお邪魔したり新宿の街でご馳走になっておりながら一言のお礼も申し上げないうちにお亡くなりになられました。私は檀先生にとって取るに足らないその他大勢の一人だったと思ってきましたから、いわんやお宅の皆様が気に掛けて下さるなどとは思いも及ばないことでした。私はもう檀先生がお亡くなりになられた六十三歳より十五年も長く馬齢を重ねておりますが、何ほどの仕事も成しておりません。が、自分の人生で檀先生という稀にみる純粋な魂の文学者に出会えたことを最高の幸せだったと感謝しております。現在、檀先生の俳句について書いております。これを一冊にまとめ柳川の墓前にお供えすることを標としております。このたびは誠に有り難うございました。敬具

平成二十八年五月吉日

二ノ宮一雄拝

檀家ご一同様」

小説でお世話になった檀先生の墓前に俳句に関する著作をお供えすることを奇とする人もおられるかと思う。

しかし、生前、檀先生はことあるごとに俳句を詠まれており、亡くなられた昭和五十一年の三年後、句集『モガリ笛』(皆美社　昭和五十四年二月刊)が出版されている。

私は、「俳壇」(平成二十四年六月号)で句集『モガリ笛』から一〇〇句選び『まことの俳句』と題して解説した。

句集巻頭の「小生一九歳ノ折作レルママ今モソノ感傷新ラシク禿筆ヲ嚙ンデ記ス　昭和二十六年二月十五日」の前書のある、

潮騒や磯の小貝の狂ふまで

そして、絶筆の、

モガリ笛いく夜もがらせ花二逢はん

この二句を採っただけでも檀先生にとって俳句がいかに真実なものだったか解る。誠に魂の奥底から迸り出た絶唱である。

私は八年前に立ち上げた俳句と随筆を柱とした季刊誌「架け橋」に檀先生の俳句について連載中であり既に二十回に及んでいる。この連載を完成させ一冊にまとめて墓前にお供えすることを自分の文学人生の締めにしたいと考えているのである。

さて、冒頭の水彩画である。瀟洒な額縁にタテ二五センチ、横三五センチほどのそれは収められている。画面右上に「卓上燦燦」の文字がありその左に「DAN」と書かれた壜が描かれている。それはポルトガルのワインで帰国後私たち「ポリタイア」の編集委員がお宅に招かれてご馳走になったものである。

ところで、贈り物はこの水彩画にとどまらなかったのである。太郎さんから拙誌「架け橋」に「旦士」という号でご自分の俳句を送っていただいたのであった。

あとがき

私が檀一雄先生に初めて会ったのは、昭和四十三年（一九六八）一月六日の夜、東京都練馬区石神井の檀邸で催された先生が編集発行人だった季刊文芸誌「ポリタイア」の創刊祝賀会であった。私は二十九歳で小説家志望の無名の文学青年だった。檀先生は壮年の五十六歳でそれから七年後に亡くなるなどとはとても思えなかった。

初対面のときのことを拙著『ポリタイアの人々――鎮魂・檀一雄』（文藝書房　二〇〇九年刊）の冒頭に書いているので引用したい。

「昭和四十三年一月六日の夜、石神井（東京都練馬区）の檀一雄邸に集った私たちのだれもが興奮を隠しきれなかった。

広い応接間に細長く設えられたテーブルの上には、酒壜と大皿に盛った料理が所狭しと置かれていた。しかし、私たちの興奮は、目の前に並べられた酒や料理のためではなかった。

それぞれの文学的志向や期待を込めた、季刊文芸誌『ポリタイア』（創刊・昭和四十三年一月一日付、編集兼発行人・檀一雄、編集室・近畿大学出版部、発売元・虎見書房、定価・二百円）がここに、とうとう、船出したのだ。

その夜は、何度めかの祝宴だった。

しかし、小説家志望のまだ何の実績もない若輩の私は、その夜が、初めての参加で、檀さんとも初対面だった。そのとき、檀さんは五十六歳で私の父と同い年だったが、筋肉質の長身のせいで、年齢よりずっと若く見えた。引き締まった体を、本来そこに着くべき上座を空け、一つ脇の席に落ち着かせている姿は爽やかな空気を醸し出していた。

しかし、気負い立っていた私は、気難しい文学青年を気取り、意識的に強く眉を寄せて、末席から檀さんの横顔を凝視していた。

檀さんは、私の視線など全く気にするふうもなく、穏やかな微笑を浮かべて、

『男性は、庭のどこでも構いませんが、女性のみなさんは、廊下を出て、左の突き当たりです』

とか、

『次の料理は、ちょっと、熱めのものですから……』

などと、気配りをみせるだけで、ほとんどしゃべることはなかった。

そんな檀さんと対照的に、眞鍋呉夫さん（小説家）と林富士馬さん（詩人・文芸評論家）は、人々の間を動きまわっていた。二人は揃って、小川国夫さんを廊下へ誘い出して話し込んだと思うと、次に、吉行理恵さんをというように、繰り返していた。

それを見ていると、だれが期待されているのかが、よく分かるのだった。

自己紹介の順番がまわってきたときに、私は、

『四年ほどまえに、こちらに、私の個人誌を送ったのですが、梨の礫でした。きっと、風呂の焚き付けにされたのだと思います』

と、皮肉っぽく言った。

が、檀さんは、黙って笑っていた（後略）」

檀先生と書かなかったのは、私が個人誌を送ってから兄事し始め檀邸へ連れて行ってくれた久保輝巳氏（小説家・関東学院大学教授）から、

「檀さんは、先生と呼ばれるのを嫌っていて、だれにもそう呼ばせないのですよ」

と聞いていたからであった。

そのとおりで、七年間、謦咳に接していた間、だれ一人として先生と呼ぶ者はいなかった。「ポリタイア」は二十号（昭和四十九年三月十日発行）で幕を閉じたが、同誌に檀先生は詩だけを発表していた。

私は小説を六編掲載してもらった。とにかく当時の私は小説に夢中だった。が、事務局長を務めていた眞鍋先生が私たち事務局員（数年経って私はその一員に加えられた）五人を自宅に招待してくれたとき、

「句会をやりましょう」

と私たちに短冊状の紙片を配り、

「いつの季節のものでもいいので二句出してください」

と言った。

眞鍋先生のことを小説だけの人と思っていた私は、先生の最初の本が句集だったことも知らなかったので、奇異な感じを覚えた。

俳人でもあった眞鍋先生に対してさえそのようなことだったから、檀先生が実は俳句を

詠んでいるなどとは全く思いもおよばなかった。

そして、二十年後、何よりも自分自身が飯田龍太先生の詩魂に惹かれ俳句にのめりこむなどとはそれこそ夢にも思わなかった。

人生、先のことは何が起きるか全く分からないものである。


さて、本書の内容は拙誌「架け橋」6号（平成二十五年一月一日発行）から31号（平成三十一年四月一日発行）まで連載した「檀一雄」に若干手を入れてまとめたものである。

また、本書刊行に当たり社長の西井洋子様、そして書籍編集部の皆様に大変にお世話になりました。厚くお礼を申し上げます。

令和元年初秋

二ノ宮一雄

参考文献

『モガリ笛』　檀一雄著　皆美社　昭和五十四年二月三日刊
『新撰檀一雄句集―モガリ笛』　むなぐるま草紙社　平成元年六月十五日刊
『海の泡―檀一雄エッセイ集』　講談社　平成十四年一月十日刊
『天馬漂泊―小説・檀一雄』　眞鍋呉夫著　幻戯社　平成二十四年二月三日刊
『新潮日本文学アルバム・檀一雄』　新潮社　昭和六十一年四月二十五日刊
『檀一雄年譜・著書目録』　石川弘編　皆美社　昭和四十七年十二月十日刊
『火宅の母の記』　高岩とみ著　新潮社　昭和五十三年九月二十日刊
『人間・檀一雄』　野原一夫著　新潮社　昭和六十一年一月十五日刊
「文明の伝承・檀一雄氏に聴く」谷崎昭男　ポリタイア・20号　近畿大学出版局　昭和四十九年三月十日刊
「檀一雄百句と二ノ宮一雄解説」　久保輝己　都城文化誌　平成二十四年七月二十七日刊

参考文献

「家出のすすめ」　檀一雄　週刊サンケイ　昭和四十七年七月二十九日号
「子守歌」　檀一雄　地上　昭和四十七年十一月号
「娘達への手紙」　檀一雄　リコーニュース　昭和四十九年九月号
「解説檀一雄」　小島千加子　海の泡・檀一雄エッセイ集・講談社　平成十四年一月十日刊
「保田與重郎・芭蕉」　檀一雄　読書人　昭和十九年三月

著者略歴

二ノ宮一雄（にのみや・かずお）

昭和十三年　東京都八王子生まれ
昭和三十六年　法政大学文学部日本文学科卒
昭和四十三年　季刊文芸誌『ポリタイア』（檀一雄責任編集）に処女作（小説）発表。以後、同誌により事務局員、編集委員を務める。
平成三年　「雲母」（飯田龍太主宰）入会
平成十年　第一回白露エッセー賞優秀賞受賞
平成十二年　俳句会「一二三会」創刊、主宰
平成十五年　日本随筆家協会入会
平成十七年　「雲母」後継誌「白露」（廣瀬直人主宰）退会
平成十八年　第五十三回日本随筆家協会賞受賞
平成二十二年　文芸家の会「架け橋」創刊、主宰
平成二十四年　「架け橋」と「一二三会」合併、新「架け橋」主宰
平成二十六年　第二十八回俳人協会評論賞候補

現　在　ＮＰＯ法人日本詩歌句協会副会長（随筆・評論部門選者）、日本ペンクラブ会員、文芸家の会「架け橋」主宰、俳人協会会員、月刊「俳句四季」吟詠選者、法政大学国文学会会員、三田文學会員、季刊文科会員
句　集『水行』『武蔵野』『旅路』『終の家』
小　説『長き助走』『ポリタイアの人々――鎮魂・檀一雄』
随筆集『二ノ宮一雄俳句エッセー集　花いちもんめ』『好意』『いのちの場所』
評論集『俳道燦燦――詩の求道者・豊長みのる』
現住所　〒一九一―〇〇五三　東京都日野市豊田二―四九―一二

檀《だん》一《かず》雄《お》の俳《はい》句《く》の世《せ》界《かい》

令和元年十一月二十七日　初版発行

著　者●二ノ宮一雄

発行人●西井洋子

発行所●株式会社東京四季出版

〒189-0013 東京都東村山市栄町二—二二—二八

電　話　〇四二—三九九—二一八〇

ＦＡＸ　〇四二—三九九—二一八一

shikibook@tokyoshiki.co.jp

http://www.tokyoshiki.co.jp/

印刷・製本●株式会社シナノ

定　価●本体一八〇〇円＋税

ISBN978-4-8129-0983-6